Benjamin pardonne

D'après un épisode de la série télévisée *Benjamin*
produite par Nelvana Limited, Neurones France s.a.r.l.
et Neurones Luxembourg S.A., et basée sur les livres *Benjamin*
de Paulette Bourgeois et Brenda Clark.

Adaptation écrite par Sharon Jennings et illustrée par Alice Sinkner
et Shelley Southern.

D'après le scénario télé *Franklin Forgives*, écrit par Karen Moonah.

Benjamin est la marque déposée de Kids Can Press Ltd.
Le personnage Benjamin a été créé par Paulette Bourgeois et Brenda Clark.
Texte français de Christiane Duchesne.

Catalogage avant publication de la Bibliothèque nationale du Canada
Jennings, Sharon
    [Franklin forgives. Français]
    Benjamin pardonne / Sharon Jennings; illustrations d'Alice Sinkner
    et Shelley Southern; texte français de Christiane Duchesne.

(Une histoire TV Benjamin)
Traduction de: Franklin forgives.
ISBN 0-439-96598-5

I. Sinkner, Alice II. Southern, Shelley III. Duchesne, Christiane, 1949-
IV. Titre. V. Titre: Franklin forgives. Français. VI. Collection: Histoire TV Benjamin.
PS8569.E563F718314 2004   jC813'.54   C2003-906847-1

Édition publiée par les Éditions Scholastic, 175 Hillmount Road,
Markham (Ontario) L6C 1Z7, avec la permission de Kids Can Press Ltd.

5 4 3 2 1   Imprimé à Hong-Kong, Chine   04 05 06 07

Benjamin pardonne

Éditions
SCHOLASTIC

Benjamin commet parfois des erreurs. Un jour, il a oublié d'arroser le jardin de monsieur Taupe; une autre fois, il n'a pas tenu une promesse faite à Martin. Benjamin a appris que s'excuser n'est pas toujours facile. Mais un jour, il découvre que pardonner est encore plus difficile.

Par un bel après-midi ensoleillé, la maman de Benjamin a soudain une idée.

— Il fait si chaud dans la maison! dit-elle. Allons souper au bord de l'étang.

Benjamin et Henriette lancent des cris de joie. Benjamin court dans sa chambre chercher ses palmes et son tuba. Vermillon, son poisson rouge, nage en rond dans son bocal.

— Est-ce que tu aimes l'aventure, Vermillon? demande Benjamin. Veux-tu voir à quoi ressemble le grand étang?

Benjamin serre le bocal de son poisson contre lui
et marche jusqu'à l'étang en prenant mille précautions.
Il trouve l'endroit parfait pour Vermillon : à l'ombre,
juste au bord de l'eau. Benjamin presse du sable contre
le bocal pour qu'il tienne bien, puis il saupoudre un
peu de nourriture sur la surface de l'eau.

— Tiens, Vermillon! dit-il. Ton propre pique-nique!

La maman de Benjamin dit qu'Henriette et lui ont le temps de s'amuser avant le souper.

— Essaie de m'attraper! crie Henriette.

Elle se met à courir sur le bord de l'eau et Benjamin se lance à sa poursuite.

Henriette court, glisse et patauge dans l'eau. Tout à coup, elle aperçoit le bocal de Vermillon, juste devant elle. Elle prend son élan et tente de sauter par-dessus. Mais Henriette est trop petite et ses jambes sont trop courtes! Le bocal bascule et Vermillon s'en échappe.

— Non! hurle Benjamin.

Benjamin entre dans l'étang et fouille l'eau.

— Vermillon! appelle-t-il. Vermillon!

Ses parents arrivent en courant. Benjamin leur explique ce qui s'est passé.

— Je n'ai pas fait exprès! pleure Henriette. Je m'excuse!

Sa maman la serre contre elle.

— Nous le savons bien, Henriette! dit-elle.

Benjamin les ignore complètement, toujours à la recherche de Vermillon.

Tout le monde cherche Vermillon, jusqu'à la tombée du jour.

— Il faut rentrer, maintenant, dit le papa de Benjamin.

— Non, dit Benjamin. Je ne vais pas abandonner Vermillon.

— Tu reviendras demain matin, dit sa maman.

— Je viendrai avec toi, dit Henriette. Je chercherai avec toi pour toujours.

Benjamin lui tourne le dos.

Ce soir-là, Henriette s'endort en pleurant. Un peu plus tard, ses parents entrent dans la chambre de Benjamin, sur la pointe des pieds.

— Nous comprenons que tu sois triste et fâché, dit son papa. Mais c'est un accident. Peux-tu pardonner à Henriette?

Benjamin secoue la tête.

— Si je pardonne à Henriette, ça veut dire que j'oublie Vermillon, réplique-t-il.

— Tu n'oublieras jamais Vermillon, dit sa maman. Et Henriette est aussi triste que toi.

Benjamin ne répond pas.

Le lendemain matin, la première chose que voit Benjamin, c'est le bocal vide de Vermillon. Il le prend et se dépêche d'aller à la cuisine. Henriette est déjà là.

— Je t'ai préparé des crêpes, ton déjeuner préféré, dit-elle.

— Je n'ai pas faim, dit Benjamin.

— Je suis désolée, Benjamin, murmure-t-elle. Vraiment désolée.

— Tes excuses ne m'aideront pas à retrouver Vermillon, réplique-t-il.

Il part en courant vers l'étang.

La nouvelle a fait le tour des amis de Benjamin.
Martin et Lili le rejoignent à l'étang et l'aident à
chercher.

– Pauvre Henriette! dit Lili. Elle doit se sentir
tellement malheureuse.

Benjamin fronce les sourcils.

— Est-ce qu'elle s'est excusée? demande Martin.

— Oui, marmonne Benjamin. Mais qu'est-ce que ça change?

L'air renfrogné, il s'éloigne un peu de ses amis.

Cet après-midi-là, sa maman le trouve dans sa chambre, tout seul devant le bocal vide. Elle le serre très fort, l'embrasse et le laisse pleurer dans ses bras.

— Je n'ai pas trouvé Vermillon, sanglote-t-il.

Sa maman le serre encore plus fort.

— Henriette est très malheureuse, elle aussi, dit-elle enfin.

Mais Benjamin refuse de l'écouter.

Après le souper, le papa de Benjamin lui demande de l'aider à faire la vaisselle.

— Tu n'as presque rien mangé, dit-il.

— Pas faim, grogne Benjamin.

Son papa passe un bras autour de ses épaules.

— Tu ne peux pas rester fâché contre Henriette pour toujours.

Benjamin soupire.

— Je n'aime pas être fâché contre Henriette, dit-il.

Benjamin va dans sa chambre et s'aperçoit tout
de suite que le bocal a disparu. Il se précipite dans
la cuisine.

— Où est le bocal de Vermillon? demande-t-il.

— Avez-vous vu Henriette? demande sa maman,
au même moment.

— Henriette! Henriette! crie le papa de
Benjamin.

Ils se mettent tous à la recherche d'Henriette.

Benjamin la découvre derrière la maison, le bocal de Vermillon à côté d'elle.

— Je veux aller chercher Vermillon pour toi, explique-t-elle.

Benjamin lui prend la main.

— Je sais, Henriette, dit-il. Mais tu ne peux pas aller à l'étang toute seule. Nous irons tous les deux, demain matin, à la première heure.

— Pauvre Vermillon, murmure Henriette. Elle est toute seule dans le grand étang.

Benjamin réfléchit un instant.

— Peut-être qu'elle vit une merveilleuse aventure, dit-il.

Benjamin et Henriette sortent leurs crayons de cire et dessinent des portraits de Vermillon.

Tout à coup, Benjamin voit Lili qui fait de grands signes par la fenêtre. Elle tient un pot de verre.

— Venez voir qui nageait près de chez moi! s'écrie-t-elle.

— VERMILLON! s'exclame Benjamin.

Après avoir fêté le retour de Vermillon avec des biscuits, du lait et des gâteries pour le poisson, il est temps d'aller au lit.

Benjamin va porter Vermillon dans sa chambre, puis il va chercher Henriette.

— Tu peux dormir avec nous, cette nuit, lui dit-il. Vermillon va peut-être nous raconter ses merveilleuses aventures…

Henriette sourit à son grand frère.

Et Benjamin lui rend son sourire.